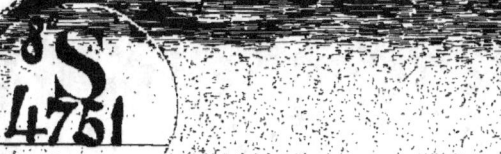

Mayne Reid

Le Musquab

(1886)

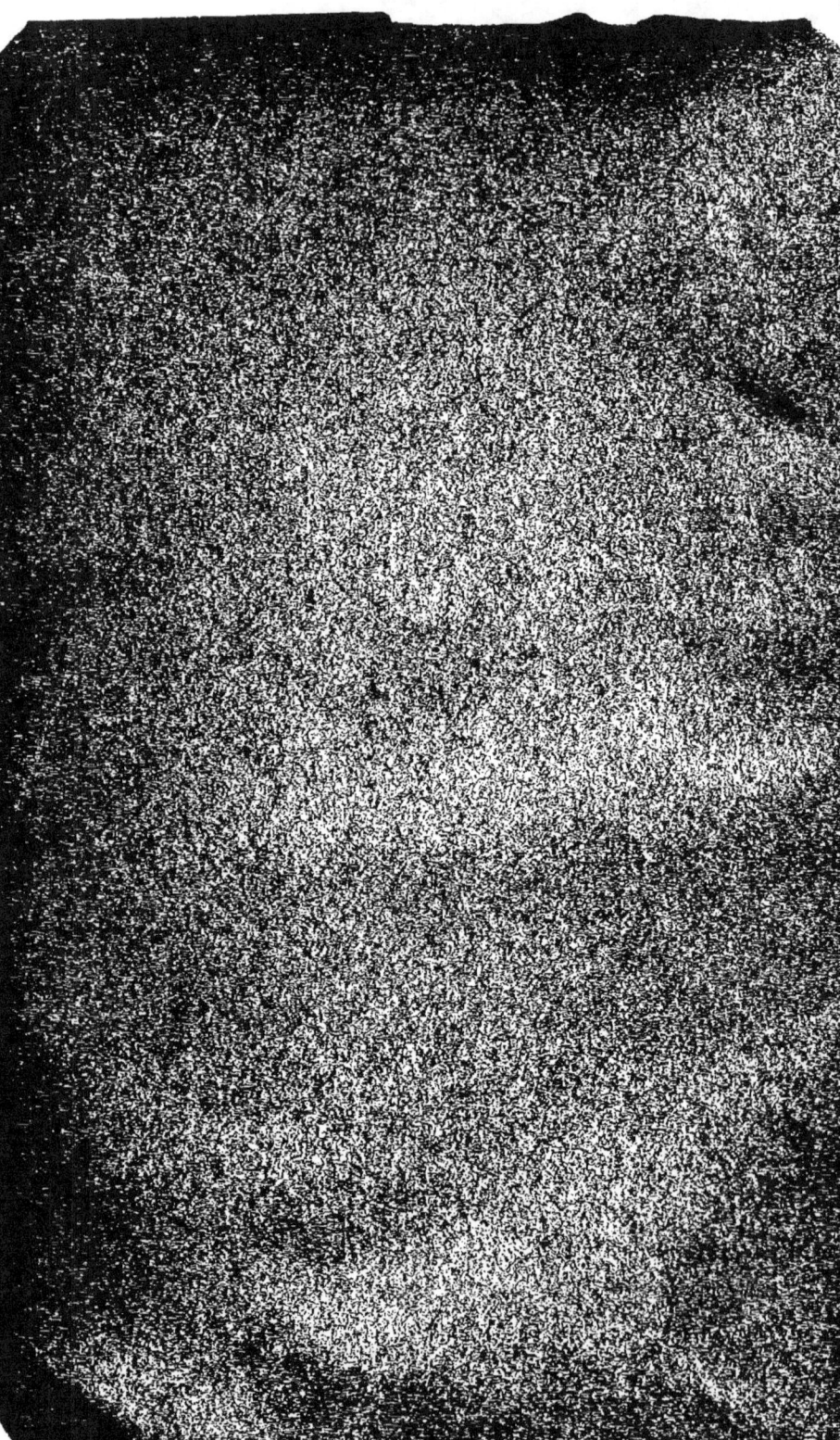

# LE MUSQUAH

—

3e SÉRIE IN-12.

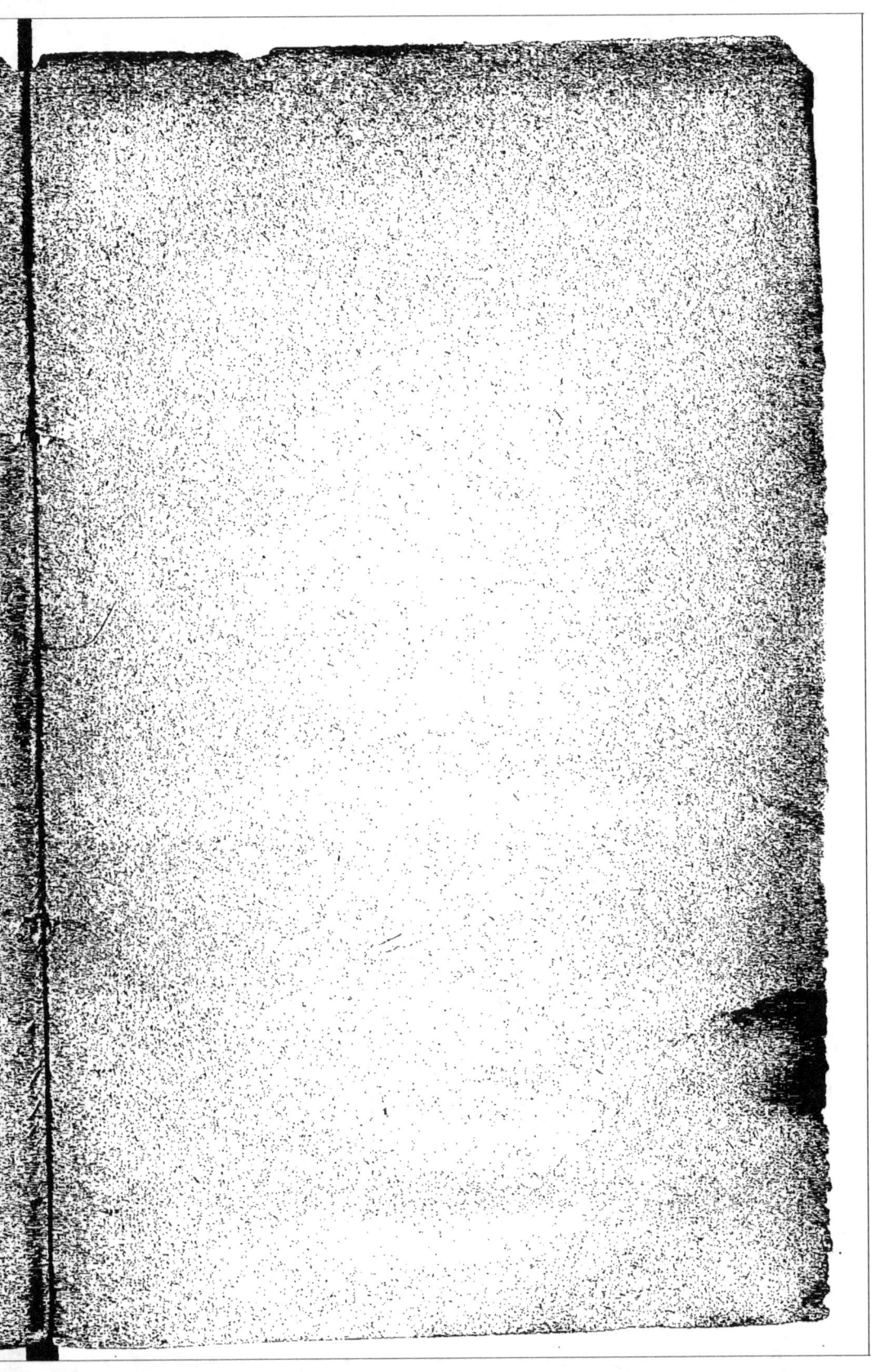

Nous parvînmes bientôt près de quelques petits monticules ayant la forme de dômes. (P. 59.)

CAPITAINE MAYNE-REID

# LE

# MUSQUAH

TRADUCTION

DE BÉNÉDICT-HENRY RÉVOIL

LIMOGES

EUGÈNE ARDANT et Cie ÉDITEURS.

# LE

# MUSQUAH

---

Le rat musqué des Etats-
Unis est le musquash des marchands de fourrures « fiber
zibethicus. » Son nom lui vient
de sa ressemblance avec le rat
commun et de son odeur de
musc produite par des glandes
placées près de l'anus. Les
Indiens l'ont appelé musquash;

c'est là, du reste, une coïnci-
dence assez remarquable, car
le mot musk est d'origine arabe,
tandis que celui de musquash
serait un dérivé du français
musc. Les premiers marchands
de fourrures canadiens étaient
Français ou d'origine fran-
çaise, et ce sont eux qui ont
fait la nomenclature de tous les
animaux à pelleteries de cette
contrée. Plusieurs points de
ressemblance qui existent entre
cet animal et le véritable castor « castor fiber » lui ont fait
donner par les naturalistes le
nom de castor musqué. Du
reste, les musquash et les cas-
tors paraissent être de la même
espèce, et c'est ainsi que

Linnée les avait classés ; mais les nouveaux inventeurs de systèmes ont divisé la famille, non pour simplifier la science, ainsi qu'on pourrait l'imaginer, mais pour faire croire qu'ils étaient de profonds observateurs, dont les découvertes mettaient à l'ombre celles de leurs devanciers.

Les dents, — ces organes favoris du naturaliste de cabinet, qui lui servent de texte pour allonger les pages de ses théories, — l'ont autorisé à poser une ligne de démarcation entre le castor et le rat musqué, bien que les mœurs de ces animaux prouvent qu'ils sont de la même espèce, comme le mâtin appartient au genre lévrier, et même de bien plus près encore. Ce qu'il y a de certain, c'est qu'ils sont si parents l'un de l'autre, que les Indiens, dans leur langage pittoresque, les appellent « cousins. »

La forme du rat musqué diffère peu de celle du castor. C'est un animal à l'encolure épaisse, au corps arrondi et d'une apparence plate : son nez est écrasé, ses oreilles sont courtes et entièrement cachées dans sa fourrure ; il a des moustaches roides comme celles du chat, le cou enfoncé dans les épaules, les jambes peu allongées, les yeux petits et noirs, et les pattes armées d'ongles aigus : celles de derrière, plus longues que les autres, sont à moitié palmées, tandis que les pattes du castor le sont entièrement.

Un fait digne d'attention, relatif à la queue de ces deux amphibies, c'est que chez tous les deux elle est presque entièrement dépourvue de poils, couverte d'écailles, et tout à fait aplatie.

Tout le monde a une idée de l'appendice caudal du castor et du parti qu'il sait en tirer ; personne n'ignore quel est l'usage particulier de ce membre de l'animal employé par lui en guise de truelle de maçon ; on

connaît sa largeur énorme, son
épaisseur, son poids qu'on
pourrait comparer à une palette
de jeu de paume. La queue du
rat musqué, comme celle de son
congénère, est dépourvue de
poils, couverte d'écailles et très
aplatie ; mais au lieu de se trouver placée dans un sens hori-
zontal, comme chez le castor,
la partie plate est soudée verti-
calement.

En outre, la queue du rat
musqué n'a pas la forme de la
truelle ; elle va en s'amoindris-
sant comme celle du rat commun. En un mot, il a tant de
ressemblance avec les rats de
nos habitations, qu'on ne peut

le voir sans ressentir un dégoût insurmontable.

Du museau à l'extrémité de la queue, le rat musqué a près de vingt pouces de long, et la grosseur de son corps est environ la moitié de celle du castor. Il est doué du pouvoir singulier de se contracter de telle sorte, qu'il ne paraît plus que la moitié de sa taille ordinaire, ce qui lui permet de passer par des ouvertures impénétrables pour des animaux bien plus petits que lui.

Sa couleur est d'un roux brun sur le dos et cendrée sous le ventre. Il y a cependant, sous ce rapport, bien des exceptions bizarres; on en a vu de tout

noirs, de tout blancs, et d'autres
d'un pelage mélangé noir et
blanc. Sa fourrure, épaisse et
douce, ressemble à celle du castor, sans être d'aussi belle qua-
lité. On y trouve de longs poils
roides et de couleur rousse plus
longs que le reste; la queue surtout est peu garnie.

Les mœurs du rat musqué
sont aussi singulières, pour ne
pas dire davantage, que celles
de son cousin le castor, surtout
si on laisse de côté toutes les
excentricités qu'on a prêtées à
ce quadrupède; on peut même
ajouter que dans l'état domes-
tique le rat musqué montre
beaucoup plus d'intelligence
que le premier.

De même que le castor, c'est
un animal amphibie; on ne le
trouve que dans les contrées
où il y a de l'eau, et jamais sur
les hauteurs arides et dessé-
chées.

Sa région, à lui, s'étend sur
toute la surface de l'Amérique
du Nord, partout où l'herbe
croît et partout où l'eau coule.
Il est probable qu'il est origi-
naire du continent méridional;
mais nous ignorons en grande
partie l'histoire naturelle de
cette zone de notre pays, — et
nous bornerons nos remarques
sur ce sujet.

A l'encontre de celle du castor, l'espèce du rat musqué ne

paraît pas devoir disparaître de sitôt.

En Amérique, de nos jours, on ne trouve plus le castor que dans les parties les plus reculées des solitudes inhabitées. Autrefois, on le rencontrait dans tous les Etats qui bordent la mer Atlantique ; il y est aujourd'hui complètement inconnu. Si parfois on aperçoit encore un castor dans ces Etats riverains de l'Océan, ce n'est plus, comme autrefois, sur une digue formant phalanstère, surmontée de dômes artistement construits : ce castor habite, comme un ermite solitaire, dans un terrier ; il est malingre, rachitique et mal peigné.

Le rat musqué, au contraire, fréquente les habitations de pionniers. On rencontre rarement une mare d'eau, un étang, un ruisseau qui n'ait une ou plusieurs familles de rats musqués demeurant sur ses bords.

Pendant une partie de l'année, ce petit animal vit en société; le reste du temps il se plaît dans la solitude. Le mâle diffère peu de la femelle; seulement il est un peu plus gros et sa fourrure est beaucoup plus belle.

Avec le printemps, commence pour lui la saison des amours; son odeur musquée est alors si forte, qu'elle se fait aisément sentir dans le voisinage de sa

demeure. A cette époque, il se
choisit une compagne à laquelle
il reste invariablement fidèle.
On croit que cette union dure
pour toute leur existence.
Quand la lune de miel est pas-
sée, ils se creusent un terrier
sur le bord d'un ruisseau ou
d'un étang, ordinairement dans
quelque endroit écarté et par
conséquent très sûr, entre les
racines d'un arbre, et toujours
dans une situation telle, que
l'eau, dans ses plus fortes crues,
ne puisse atteindre le nid cons-
truit à l'intérieur.

L'ouverture du terrier se
trouve assez souvent au dessous du niveau du courant, de
sorte qu'on ne peut aisément

le découvrir. L'intérieur de cette demeure est tapissée de mousse ou d'herbes moelleuses. Les petits sont au nombre de cinq à six, et la mère les élève avec le plus grand soin, se hâtant de leur inculquer de bonne heure ses meilleures habitudes. Le mâle ne se mêle point de leur éducation ; on le voit pendant tout le temps que dure l'incubation et l'élévation, errer seul dans le voisinage ; ce n'est qu'en automne, lorsque les petits sont forts et capables de subvenir à leurs besoins, que le père retourne auprès de sa famille, et aussitôt tout le monde se met à l'œuvre pour la construction des quartiers d'hiver, Dès que leur nouvelle habitation, qui est bien différente de la première, est achevée, ils abandonnent celle où ils sont nés. Pour construire cette demeure destinée à les garantir du froid, ils choisissent une pièce d'eau qui, selon leurs prévisions, n'est pas susceptible de geler jusqu'au fond; si elle est traversée par un cours d'eau, elle n'en vaut que mieux pour eux. Sur le bord, ou souvent même dans quelque petite île au milieu, ils élèvent une sorte d'édifice en forme de dôme, creux en dedans, et ayant beaucoup de rapport avec l'habitation du castor. Ils n'ont pour matériaux que l'her-

be et la boue qu'ils tirent du
fond de la rivière.

L'entrée de cette demeure
est souteraine et se compose
d'une ou de plusieurs galeries
qui, par une ouverture, com-
munique au dessous de l'eau.
Dans les endroits où une inon-
dation serait à craindre, la terrasse intérieure est exhaussée;
et même souvent ils pratiquent
des galeries pour se ménager
un lieu de repos à pied sec, en
cas où la partie inférieure vien-
drait à être inondée. Ils ont, du
reste, toujours soin de se ménager une sortie libre pour aller
en quête de leur nourriture, qui
consiste en plantes aquatiques

faciles à trouver dans leur voisinage.

Dès que la construction est
achevée et que le froid commence à se faire sentir, la famille entière, composée du père,
de la mère et des petits, s'y
renferme et y passe tout l'hiver. Ils n'en sortent que pour
les besoins indispensables. Au
printemps, cette demeure est
abandonnée pour n'y plus revenir.

Quelle que soit la rigueur de
l'hiver, tant qu'ils se tiennent
clos dans leur cabane, ils n'ont
rien à craindre du froid. La
chaleur seule de leurs corps,
serrés comme ils le sont, côte
à côte, et même parfois les uns

par dessus les autres, suffirait
pour les en défendre. Plus encore, leurs murs de boue ont
plus d'un pied d'épaisseur, et
ni la pluie ni la gelée la plus
violente ne sauraient pénétrer
dans l'intérieur de ces huttes
fantastiques.

On a remarqué relativement
aux habitations des rats musqués, un fait curieux qui prouve
que la nature les a conformés
de manière à ce qu'ils sachent
se plier aux circonstances dans
lesquelles ils peuvent se trouver placés. Les philosophes
appellent cela de l'instinct ;
mais, selon nous, c'est la mar-
que qu'une haute intelligence a
pourvu à leur conservation.

C'est une preuve de la providence.

Dans les pays méridionaux tels que la Louisiane, par exemple, où les cours d'eau ne gèlent pas l'hiver, le rat musqué ne se bâtit pas d'habitation comme celle que nous venons de décrire ; il vit toute l'année dans son terrier, creusé sur la rive, il peut ainsi sortir et aller en toute saison pour chercher sa nourriture.

Dans le nord, c'est autre chose. Pendant des mois entiers, les rivières sont couvertes de glaces épaisses ; le rat musqué ne pourrait sortir de son asile ni par dessous ni par dessus la glace : dans ce dernier cas, l'ou-

verture qu'il lui faudrait prati-
quer trahirait sa présence et il
se verrait bientôt attaqué par
des chasseurs, des chiens et
beaucoup d'autres ennemis.
Quand bien même il aurait sous
l'eau une sortie par laquelle il
pût se soustraire aux attaques
de ceux qui le recherchent, il y
périrait bientôt faute d'air ; car,
bien que le rat musqué soit un
amphibie, comme le castor et
la loutre, il ne saurait vivre ab-
solument sous l'eau. Il faut que
de temps en temps il vienne
respirer à la surface. En hiver,
les eaux courantes ne lui four-
nissent pas sa nourriture favo-
rite, tirée principalement de la
tige et de la racine de certaines

plantes aquatiques, qu'il trouve
en abondance dans les maré-
cages, où, du reste, il est bien
moins en butte aux attaques de
l'homme et des animaux car-
nassiers, parmi lesquels on cite
la martre et le putois.

En outre, dans les marais,
l'homme ne peut facilement ap-
procher de l'habitation du rat
musqué, à moins que la glace
ne soit très épaisse. C'est à
cette époque qu'existe vrai-
ment pour lui un danger de
tous les jours, et, malgré cela,
il sait toujours trouver quelque
issue pour s'échapper lorsque
arrive le moment du péril.

Avec quelle tendresse cette
petite créature sait changer ses

habitudes selon la position géo-
graphique où elle se trouve !
Tout à fait au nord, dans les
contrées hyperboréennes, fré-
quentées seulement par la
compagnie de la baie d'Hudson, les lacs, les rivières et
même les sources gèlent en
hiver. Les marais de peu de
profondeur sont glacés jusqu'au fond. Comment alors le
rat musqué peut-il sortir sous
l'eau ?

Voici les moyens qu'il met
en usage :

Il choisit d'abord un lac d'u-
ne certaine profondeur, et,
dès que la glace peut le porter,
il y fait un trou au dessus duquel il élève sa maison coni-

que ; par ce trou il va chercher
au fond de l'eau tous les matériaux qui lui sont nécessai-
res. L'habitation se trouve
ainsi en relief sur le lac ; l'ouverture, qui n'est autre que le
trou primitif, se trouve située
dans la terrasse intérieure, et
reste toujours dégagée, tant
par les soins qu'y apportent
les habitants que grâce à leurs
sorties continuelles pour aller
en quête de leur nourriture,
empruntée, comme je l'ai dit,
aux racines du marécage.

Cette construction singuliè-
re, avec pignon sur la surface
du lac et une sortie sous l'eau,
suffirait pour le mette à l'abri
des attaques de ses ennemis

ordinaires, les animaux carnas-
siers : peut-être n'est-ce que
pour se défendre des quadru-
pèdes rapaces que la nature a
songé à le prémunir ; mais,
malgré son adresse et toutes
ses ruses, le rat musqué ne
peut lutter avec un ennemi plus
habile que lui, et cet ennemi,
c'est l'homme.

La nourriture du rat musqué
est variée, il mange des racines de plusieurs espèces de
nénuphars ; mais son meilleur
régal, c'est la racine des ro-
seaux « calamus ou acorus
aromaticus. » On sait qu'il se
nourrit de coquillages, et on
trouve fréquemment près de sa
hutte des monceaux de coquil-

les de moules d'eau douce.
Quelques personnes assurent
qu'ils mangent du poisson ;
mais on en a dit autant du castor, et ce fait n'est pas encore
clairement prouvé. Les naturalistes de cabinet soutiennent le
contraire, se fondant toujours
sur leur argument favori, la
denture de l'animal ; quant à
moi, j'ai fort peu de confiance
dans le système des dents, depuis que j'ai vu des chevaux,
des bœufs et des pourceaux
manger avec avidité de la
chair, du poisson et de la
volaille.

Le rat musqué s'apprivoise
facilement et devient docile et
familier ; il est très intelligent,

et se plaît à caresser la main de son maître. Les Indiens et les colons du Canada en élèvent souvent dans leur maison; mais ces animaux ont tant de ressemblance avec le rat commun, à l'époque du printemps, ils émettent une odeur si nauséabonde, qu'il leur sera difficile d'être jamais admis en compagnie des chiens et des chats comme familiers d'une maison. Il est assez difficile de les tenir enfermés : en moins d'une nuit, ils ont l'habileté de se frayer un passage en rongeant les planches de la boîte où on les avait enfermés. Leur chair, quoique ayant une saveur un peu musquée, sert quelquefois de nourriture aux Indiens et aux chasseurs de race blanche ; mais les trappeurs et les Peaux-Rouges mangent volontiers de presque tout ce qui a vie, souffle et mouvement. J'ai connu des Canadiens qui mangeaient par goût la chair du rat musqué.

En général, ce n'est pas pour sa chair qu'on recherche cet amphibie, sa fourrure est d'une bien autre importance ; car elle est presque égale en valeur à celle du castor pour la fabrique des chapeaux, et le prix qu'en retirent les Indiens et les trappeurs de la race blanche les dédommage amplement des fatigues qu'ils ont

supportées pour se la procu-
rer. On s'en sert aussi pour
confectionner des boas et des
manchons qui ressemblent assez aux fourrures de la martre
américaine « mustela martes » :
son bon marché le fait souvent
préférer à cette dernière. C'est
un des articles réguliers du
commerce de la compagnie de
la baie d'Hudson, qui chaque
année expédie des milliers de
peaux de rats musqués. Si cet
animal n'était pas d'une nature
si prolifique, et en même temps
s'il n'était pas si difficile à prendre, sa race serait bientôt
éteinte.

La manière de chasser le rat
musqué diffère de celle mise en

usage pour chasser le castor ;
on le prend maintes fois dans
les trappes préparées pour la
chasse de ce dernier, mais alors
une pareille capture est consi-
dérée comme un fâcheux con-
tre-temps, car, dans la trappe
où il s'est enfermé lui-même,
on aurait pu tuer un castor. On
le chasse aussi quelquefois au
chien courant, comme la loutre, et pour le prendre on dé-
couvre son terrier ; mais la
capture ne vaut pas la peine
qu'on a prise à défoncer sa demeure souterraine. Quelquefois un chasseur décoche un
coup de fusil à un rat musqué
en passant le long d'un ruisseau, mais presque toujours

c'est un coup manqué. Le petit quadrupède a disparu avec
la rapidité d'une flèche, il a
plongé sans produire dans l'eau
le moindre bouillonnement, et
une fois au fond, on ne le revoit
plus.

Plusieurs tribus indiennes
chassent le rat musqué pour
avoir à la fois sa chair et sa
fourrure ; ils ont pour le prendre des moyens particuliers.
Ayant séjourné pendant un hiver dans un fort situé près
d'une tribu d'Ojibways, je vais
vous raconter une des chasses
à laquelle j'ai eu l'occasion d'assister et à laquelle j'ai pris part.

Chingawa, Indien de la tri-

bu des Chippeways ou Ob-
jibways, bien plus connu
par les habitants du fort sous
le nom de « Vieux-Renard, »
était un chasseur renommé
dans sa tribu. J'avais réussi à
gagner ses bonnes grâces. Ma
passion bien connue pour la
chasse avait de prime abord
été la cause d'un rapproche-
ment maçonnique entre nous ;
un vieux couteau qui ne me
servait plus, et dont je lui fis
présent, acheva de resserrer
les liens de notre amitié. L'ob-
jet ne valait pas quatre sous
de bon argent, et cependant il
réussit à faire du Vieux-Renard
mon meilleur ami. Toute sa
science de chasseur, fruit de

l'expérience de soixante hivers, devint ma propriété absolue.

Je n'avais pas encore été initié aux mystères de la chasse aux rats ; mais dès que la saison de ce « noble » exercice fut arrivée, le vieux chasseur m'invita à venir avec lui faire la guerre aux rats musqués.

Nous chargeâmes nos engins sur nos épaules, nous acheminant vers l'endroit où nous devions trouver notre gibier. C'était une rangée de petits lacs ou plutôt d'étangs qui s'écoulaient le long d'une vallée marécageuse, située à dix ou douze milles du fort.

Nos engins de chasse consistaient en un ciseau à glace

garni d'une poignée de cinq
pieds de long, une petite pioche, une sorte d'épieu très
long dont la pointe en fer ne
formait la lance que d'un côté,
et une perche légère, droite et
souple, ayant à peu près douze
pieds de longueur.

Nous nous étions munis
d'une petite provision de vivres
et de combustibles, — jamais
un Indien pur sang ne marche
sans cela ; — nous emportions
aussi nos couvertures, car notre intention était de passer la
nuit près des lacs.

Après quelques heures de
marche à travers les silencieu-
ses forêts dépouillées de leurs
feuilles, quand nous eûmes pas-

sé sur la glace des lacs et des rivières, nous parvînmes au grand marais, qui, comme on le pense bien, était aussi couvert d'une glace épaisse. Il eût été facile de nous aventurer dessus avec un chariot lourdement chargé et son attelage, sans crainte d'écorner tant soit peu cette surface polie comme un miroir.

Nous parvînmes bientôt près de quelques petits monticules ayant la forme de dômes qui s'élevaient au dessus du niveau de la glace ; ils étaient bâtis de boue consolidée au moyen de différentes sortes d'herbes aquatiques, et la gelée leur avait donné la dureté de la

pierre. Sous chacune de ces
voûtes, le Vieux-Renard savait
qu'il y avait au moins une douzaine de rats musqués peut-
être trois fois plus encore, —
confortablement couchés et
dormant ensemble côte à côte.

Comme on n'apercevait au-
cun trou ni aucune entrée, il
était important de savoir comment on atteindrait ces amphibies. Nous creuserons tout
bonnement leurs terriers à l'aide d'une pioche, me disais-je,
jusqu'à ce que nous puissions
pénétrer à l'intérieur ; mais ce
moyen-là même n'eût pas été
un mince travail. D'après ce
que me dit mon compagnon,
les murailles avaient bien trois

pieds d'épaisseur, et cette boue pétrie était devenue, grâce à la gelée, aussi dure que des briques cuites au feu. Et puis, quand nous aurions réussi à défoncer la hutte, y rencontrerions-nous les habitants ?

Il était plus que problable qu'après toutes nos peines, nous eussions trouvé les cases vides. C'était l'avis de mon compagnon, qui m'apprit alors que chaque hutte était pourvue de passages intérieurs et sous-marins, qui permettaient aux rats musqués de s'évader longtemps avant que l'on pût arriver jusqu'à eux.

Je me demandais comment nous allions procéder ; mais le

Vieux-Renard n'était pas le moins du monde embarrassé. Il jeta à terre ses engins de chasse devant un des monticules, et se mit à l'œuvre sur-le-champ.

La loge à rats qu'il avait choisie était avancée dans le lac, à quelque distance de la rive, construite entièrement sur la glace ; et comme le savait bien le vieux chasseur, il y avait dans la terrasse intérieure un trou par lequel les animaux pouvaient pénétrer dans l'eau à volonté. Comment donc pouvait-il les empêcher de s'échapper pendant que nous serions occupés à enlever le toit ? Voilà ce qui m'embar-

rassait ; aussi je suivis avec in-
térêt tous les mouvements de
mon compagnon.

Au lieu d'attaquer la hutte,
il commença, à l'aide de son
ciseau, à tailler un trou dans la
glace, à environ deux pieds des
murs. Quand il eut achevé son
premier trou, il en fit un se-
cond, puis un autre, et enfin
un quatrième ; le tout disposé
de manière à former un carré
au centre duquel était la loge
du rat musqué.

Les préparatifs étaient
achevés pour celle-là ; il alla
donc creuser le même nombre
de trous autour d'une autre
case, puis d'une troisième, et
enfin d'une quatrième, procé-

dant aussi méthodiquement que
pour la première.

Enfin, il revint à celle par
laquelle il avait commencé, en
ayant soin, cette fois, de faire
le moins de bruit possible. Il ti-
ra de son sac un filet carré fait
de lanières de cuir de daim,
dont la largeur était celle d'une
couverture ordinaire, et, pro-
cédant de la manière la plus
ingénieuse qu'on puisse voir ;
il le fit glisser sous la glace
jusqu'à ce que les quatre coins
fussent ramenés à l'orifice des
trous, au travers desquels il
les ramena pour les assujettir
fortement au moyen d'une ligne qui les reliait tous les quatre ensemble.

Le procédé mis en usage pour faire glisser le filet sous la glace m'avait rempli d'admiration. Ceci s'effectuait à l'aide d'une ligne que l'on faisait passer d'un trou à un autre, en se servant pour cela de la perche flexible dont j'ai déjà parlé. Cette perche, introduite dans l'un des trous, conduisait la ligne, et était elle-même dirigée par deux bâtons fourchus qui la guidaient ainsi d'ouverture en ouverture. La ligne fixée aux quatre coins du filet servait à le tenir solide dans sa position.

Le Vieux-Renard s'acquitta de tous les détails de cette curieuse opération avec une grande habileté, et en évitant de faire le moindre bruit, ce qui prouvait qu'il n'était pas novice dans l'art de la chasse aux rats.

Le filet ainsi serré sous la surface extérieure de la glace, devait nécessairement boucher le passage de sortie, et il est évident que si les rats musqués étaient chez eux, ils ne pouvaient pas s'en échapper.

Mon compagnon m'assura qu'on les y trouverait. Il m'expliqua alors pourquoi il n'avait pas fait usage du filet dès que les trous avaient été taillés dans la glace : c'était afin de laisser le temps de revenir à ceux des membres de la famil-

le qui pouvaient avoir été ef-
frayés par le bruit. Ne savait-il
pas pertinemment que ces animaux ne peuvent demeurer
longtemps sous l'eau ?

Il me donna bientôt des preu-
ves de ce qu'il avançait. En
quelques minutes, à l'aide du
ciseau à glace et de la pioche,
nous eûmes percé le dôme, et
là, à moitié endormis en apparence, ou plutôt éblouis par
l'irruption soudaine de la lumiè-
re , nous aperçûmes blottis
dans la mousse, au milieu
d'herbes sèches, huit énormes
rats musqués.

Avant même que je n'eusse
eu le temps de les compter, le
Vieux-Renard les avait tous,

l'un après l'autre, transpercés de son épieu.

Nous allâmes ensuite vers l'une des autres cases devant lesquelles nous avions troué la glace, et renouvelant la même série d'opérations préliminaires, mon compagnon fit encore une capture de six individus.

Dans la troisième, il n'en trouva que trois.

A l'ouverture de la quatrième, un spectacle étrange s'offrit à nos yeux. Il n'y avait plus qu'un seul être vivant, et encore nous parut-il près de mourir de faim ; il était si maigre qu'on ne lui voyait plus que les os et la peau ; et, sans aucun doute, la pauvre petite bête se

trouvait depuis longtemps pri-
vée de nourriture Près de lui
gisaient les squelettes de plusieurs petits animaux que je
reconnus tout de suite pour
être des rats musqués. La sim-
ple inspection du nid nous
dévoila tout le mystère. Le passage, qui, dans les autres, tra-
versait la glace et était parfaitement ouvert, se trouvait dans
celui-ci complètement gelé.
Les habitants n'avaient pas
songé à le tenir en état, tant
que la glace avait été assez fai-
ble pour pouvoir la briser ;
dans cette terrible alternative,
poussés par la faim, ils s'étaient
battus, les plus faibles avaient
été mangés par les plus forts,

jusqu'à ce qu'enfin il n'y eût plus qu'un seul vivant.

Nous comptâmes les squelettes, et nous vîmes que cette case, emprisonnée par la glace, n'avait pas contenu moins de onze habitants.

L'Indien m'assura que dans les hivers rigoureux de tels cas ne sont pas rares. Quelquefois la gelée s'opère si rapidement, que ces amphibies, — qui peut-être ne songent pas à sortir de quelques heures, — se trouvent enfermés par la glace, et sont contraints ou de mourir de faim, ou de se dévorer les uns les autres.

La nuit approchait, car nous n'étions arrivés que très tard

sur les bords du lac. Mon compagnon proposa de suspendre nos opérations jusqu'au lendemain matin. Je me rendis à cette invitation. Nous nous dirigeâmes alors vers un massif de sapins qui couvraient un tertre près du rivage, et il fut convenu que nous passerions la nuit dans cet endroit.

Le feu brilla bientôt, alimenté par des pommes de pins. Nosn avions grand appétit, et je m'aperçus que des provisions que j'avais apportées et dont j'avais déjà fait mon dîner, il me restait à peine de quoi faire un maigre souper. Ces syptômes de disette ne parurent pas émouvoir le moins du monde

mon compagnon, qui se mit
tranquillement à écorcher quelques rats, les fit griller sur le
feu, et les mangea d'aussi bon
cœur qu'il aurait pu le faire de
succulentes perdrix. J'avais
faim, mais je n'étais pas assez
affamé pour goûter à ce mets
particulier ; je me contentai
donc de le considérer avec un
étonnement quelque peu mêlé
de dégoût.

Il faisait un clair de lune su-
perbe, une des plus belles nuits
que j'eusse jamais vues. La
neige était tombée tout juste
assez pour couvrir la terre, et
sur les pentes des collines,
recouvertes de cette blanche
poussière, on distinguait la

forme pyramidale des pins et
les franges régulières de leurs
branches au feuillage effilé. Ces
arbres verts couvraient tous les
bords du lac : on aurait dit des
navires à l'ancre, les voiles
carguées et les vergues en
panne.

Tout à coup, tandis que je
m'abandonnais à une délicieuse
rêverie, je fus tiré de mon ex-
tase par un bruit confus qui
ressemblait à la voix d'une
meute de chiens ; je lançai à
mon compagnon un regard
d'interrogation.

— Ce sont des loups ! fit-il
tranquillement en continuant à
mâcher une cuisse de rat
grillé.

Les hurlements devenant de
plus en plus distincts, nous
entendîmes bientôt un bruit de
pas qui résonnait sur le bois
sec; il était évidemment pro-
duit par les sabots d'un animal
galopant sur la neige glacée.
Un instant après, un daim passa
près de nous courant à toute
vitesse; il s'élança hardiment
sur la glace du lac. C'était un
bel animal de l'espèce nommée
renne, un caribou « cervus
tarandus ». Il était facile de
voir qu'il était couvert de sueur
et presque rendu.

A peine venait-il de passer,
que les hurlements recommen-
cèrent de plus belle, se prolon-
geant en notes aiguës et sacca-

dées. Soudain, une bande de loups, perdus dans l'obscurité, apparut sur la lisière de la forêt. Il pouvait y en avoir une douzaine, et ils couraient avec la rapidité d'une meute de chiens qui chasse à vue.

Leurs longs museaux, leurs oreilles droites, leurs corps maigres et allongés, se dessinaient parfaitement sur la neige. Je reconnus sur-le-champ que c'étaient des loups, des loups blancs de la plus grande espèce.

Je m'étais levé sans hésiter, non pas que j'eusse l'intention de sauver le caribou, mais je voulais assister à son hallali, et dans cette intention je saisis l'épieu et me mis à courir à sa poursuite. Je **crus** entendre mon compagnon **crier** comme pour me recommander d'agir avec prudence ; mais j'étais trop emporté par l'ardeur de la chasse pour faire attention à ses avis. D'ailleurs, la faim chez moi se faisait vivement sentir, et j'avais en perspective un quartier de venaison rôtie pour souper.

En arrivant sur le rivage, je vis bientôt que les loups s'étaient emparés du caribou et le traînaient sur la glace. La pauvre bête, trébuchant à chaque bond, n'avait pu faire que peu de chemin sur le sentier glissant, tandis que, comme les chats, les loups s'aidaient de leurs ongles pour courir sur l'eau glacée. Le caribou s'était sans doute imaginé que cette surface luisante du lac était de l'eau. C'est ce qui arrive souvent à ces animaux, qui deviennent alors une proie facile pour les loups, les chiens et les chasseurs.

Je courais toujours avec l'espoir de chasser les loups et de leur enlever leur victime, et bientôt je fus au milieu de la bande, m'escrimant à l'aide de mon épieu.

Mais à ma grande surprise, comme aussi à mon grand effroi, je fus saisi d'horreur lorsque je vis qu'au lieu de lâcher prise, quelques-uns d'entre eux continuaient à mordre le caribou à belles dents, tandis que les autres m'entouraient, la gueule ouverte et les yeux flamboyants comme des charbons.

Je poussai des cris, combattant toujours en désespéré, et piquant à l'aide de ma lance, tantôt l'un, tantôt l'autre, mais toutes les blessures que je faisais à mes ennemis n'avaient d'autre résultat que de les rendre plus furieux et plus acharnés.

Je soutins ce combat imprévu pendant quelques minutes ; mais je commençais pourtant à m'épuiser. Un horrible sentiment de terreur se glissait

dans mes veines et paralysait
mes forces, lorsque l'appari-
tion soudaine de mon camarade
le Peau-Rouge Chingawa vint
me rendre tout mon courage.
Je brandis encore mon épieu,
usant de tout ce qui me restait
d'énergie, et en peu d'instants
plusieurs de mes adversaires
roulèrent assommés ou perfo-
rés sur la glace. Les autres,
épouvantés par la présence de
mon compagnon, armé de son
énorme ciseau à glace, et effra-
yés en outre par les « whoops »
de guerre proférés par l'Indien,
se hâtèrent de détaler au plus
vite. Trois d'entre eux cependant avaient exhalé leur dernier
souffle de vie, et à côté d'eux

nous trouvâmes le caribou à moitié dévoré.

Il en restait cependant assez pour préparer un excellent souper, et bien que mon compagnon eût déjà rongé jusqu'aux os la carcasse de trois rats musqués, il attaqua la venaison avec un tel appétit, qu'on aurait juré qu'il n'avait pas mangé de quinze jours.

# A LA MER

PAR BÉNÉDICT-HENRY RÉVOIL

---

Il ne faut par s'imaginer que
tout est couleur de rose dans
un voyage de plaisance entre-
pris à bord d'un yacht bien
ponté, très élégamment amé-
nagé et somptueusement meu-
blé. Tout irait pour le mieux si
l'on naviguait sur un fleuve,
ou même sur un lac abrité con-

tre les tempêtes et les vents
contraires ; mais une fois que
l'on est lancé sur l'élément
perfide, qui peut dire ce qui
arrivera au voyageur assez
audacieux pour affronter Nep-
tune et Borée?

Il nous souvient d'une ex-
cursion que nous avions entre-
prise, il y a quelques années,
à bord du yacht « Minna, »
appartenant à un riche Amé-
ricain dont nous avions fait et
cultivé la connaissance à
Paris, dans les salons de M.
F. de Lesseps. Cet aimable
compatriote de Washington
était venu de Philadelphie,
son pays natal, au Havre, à
bord du joli « petit navire »

qu'il avait fait construire sur
le Delaware. Il nous vantait la
bonne tenue de « Minna » sur
les flots de l'Atlantique et
nous affirmait qu'elle se com-
portait comme une jeune miss
bien élevée et ayant d'excel-
lents principes.

Un soir de mai, en 1873,
tandis que nous fumions un
excellent bravas, au coin du
feu, en sippant une tasse de
souchon, M. Carpenter me
proposa de l'accompagner au
Havre où il allait voir son
« bâtiment » et son équipage.
Je n'avais rien de pressé à
faire, j'acceptai.

Nous partîmes dans un de
des bons et confortables wa-

gons de le Compagnie de
l'Ouest où l'on ne sent pas
même les secousses de la
traction rapide d'une machine
emportée à toute vapeur. En
trois heures et demie, nous
entrions à la gare du chef-lieu
de la Seine-Inférieure : Une
voiture nous amenait bientôt
sur le quai où se tenait amar-
rée la « Minna » de M.
Carpenter.

Je passerai sur la descrip-
tion de ce joli vaisseau de
plaisance qui avait coûté
125,000 francs à son proprié-
taire.

Le capitaine du bord nous
fit les honneurs du navire
de son maître. Un excel-

lent déjeuner était préparé à notre intention. Nous y prîmes une part active, et quand, après avoir décoiffé une bouteille de champagne, les cigares et le café nous furent présentés, M. Carpenter me proposa d'aller faire une promenade en mer.

— Nous irons à Trouville, me dit-il, et nous reviendrons ce soir.

J'acceptai — fatale imprudence ! — La mer était calme comme un océan d'huile d'olive. La marée montait, nous pouvions sortir quand bon nous semblerait du port où se tiennent les vapeurs transocéaniques. A

deux heures , nous nous
trouvions vis-à-vis de Fras-
cati, et la « Minna » déplo-
yait sa voile , tandis que
le chauffeur mettait en jeu la
machine à vapeur.

Tout alla bien jusqu'à Trouville. Nous dinâmes aux
« Roches-Noires ». Nous allâmes voir ce qui se passait
au casino et à dix heures
du soir nous nous réem-
barquions à bord du yacht.

Hélas ! le vent avait fraî-
chi ; la mer moutonnait , le
roulis se faisait sentir et
un vent d'amont. nous em-
pêchait de suivre la route
que nous voulions parcou-
rir. Enfin , lorsque nous

eûmes atteint la pleine mer,
la bourrasque se leva, qui
devint bientôt une tempête.
Je maudissais l'imprudence
que j'avais eue, moi qui
souffre toujours cruellement
à la mer, d'avoir écouté
les propositions de M. Carpenter. Mais il était trop tard.

La « Minna » fut obligée
de céder aux efforts du vent
déchaîné : la mer fut terrible,
et quand le jour se leva, les
vagues déferlaient avec rage
sur le pont du yacht qui roulait
sans savoir où Dieu le conduisait. Les matelots se tenaient
cramponnés aux agrès ; l'eau
ruisselait sur le pont et ébran-
lait les mâts.

M. Carpenter et moi, nous
étions couchés, nous résignant
à notre sort, mais maugréant
contre la mauvaise chance.

A midi, le capitaine vint
nous avertir que nous étions
en vue de l'Angleterre. Il cro-
yait que la côte était celle de l'île
de Wight. Le brave homme ne
s'était pas trompé. Grâce à
ses efforts et à ceux de ses
hommes, il nous nous fut possible d'entrer au port.

— Nous attendrons ici, me
dit M. Carpenter, que le ciel se
rassérène, et nous rentrerons
au Havre.

Je le remerciai de cette offre,
mais je préférai prendre le
chemin de fer, traverser l'An-

gleterre, me rendre à Douvres
et de là à Calais pour retourner
à Paris, jurant, mais un peu
tard, qu'on ne m'y prendrait
plus à m'égarer sur les flots en
compagnie de « Minna » ou de
tout autre yacht, à quelque
nationalité qu'il appartînt.

J'ai tenu parole.

FIN.

Limoges. — Imp. E. Ardant et Cⁱᵉ.